PIKOLO

LE SECRET DES GARDE-ROBES

© 1992 Pierre Filion (texte)
© 1992 Gilles Tibo (illustrations)

Conception graphique: Gilles Tibo

Annick Press Ltd.

Annick Press tient à remercier le Conseil des Arts du Canada et le Conseil des Arts de l'Ontario de leur aide.

Données de catalogage avant publication (Canada)

Filion, Pierre, 1951–
    Pikolo : le secret des garde-robes

ISBN 1-55037-227-0 (rel.)   ISBN 1-55037-226-2 (br.)

I. Tibo, Gilles, 1951–   . II. Titre.

PS8561.I53P5   1992   jC843'.54   C91-095751-7
PZ23.F55Pi   1992

Distributeur au Canada et aux Etats-Unis:
Firefly Books Ltd.
250 Sparks Avenue
Willowdale, Ontario   M2H 2S4

∞ Ce livre est imprimé sans produit acide.
Imprimé au Canada par
D.W. Friesen and Sons Ltd.,

GILLES
TIBO
PIKOLO
LE SECRET DES GARDE-ROBES

Texte de Pierre Filion d'après une idée originale de Tibo

Annick Press

Au matin de son anniversaire, Pikolo reçut de ses parents une grosse boîte de papiers multicolores: rouges comme des pommes, verts comme des grenouilles, jaunes comme le soleil, bleus comme le ciel!

Toute la journée, feuille après feuille et sans pouvoir s'arrêter, Pikolo inventa des animaux fantastiques. Le soir tombé, sa chambre était devenue une véritable jungle. Il entendait les cris des bêtes se répondant d'un coin à l'autre.

Puis arrive l'heure d'enfiler son pyjama et de se coucher...
Fasciné par son chat à six pattes et par sa tortue à rames, Pikolo en oublie le sommeil. Il coupe, découpe et recoupe joyeusement. Rien ne peut plus arrêter ses ciseaux!
Quel beau cadeau!

Bientôt il ne reste plus qu'une seule feuille au fond de la boîte. Une grande feuille mauve pleine d'étoiles filantes, cachée là comme un trésor. Impressionné, Pikolo reprend ses ciseaux. Avec plus d'attention, cette fois, il découpe d'abord une main, puis des bras, des jambes, une tête... et enfin un superbe chapeau. Au dernier coup de ciseaux, ce curieux

personnage se redresse, lui sourit et se met à parler.

—Bonne fête, Pikolo. Je m'appelle Max et j'ai un cadeau pour toi.

—Un cadeau pour moi?

Sans répondre, Max saute des bras de Pikolo, ouvre la porte de la garde-robe et fonce dans le noir.

—Par ici, Pikolo. Suis-moi. N'aie pas peur!
À toutes jambes, Max disparaît dans le coin le plus sombre.
Pikolo reste seul un moment, effrayé. Mais sa curiosité l'emporte et il fonce
à son tour dans le noir.
Tout essoufflé et le cœur battant, il rejoint Max qui a ralenti sa course pour

l'attendre. Ensemble ils marchent de longues minutes en suivant une petite lueur qui grandit au bout du tunnel. Pikolo est abasourdi!

—Où allons-nous, Max?

—Écoute... Nous arrivons bientôt.

Au loin dans la lumière s'élève alors une douce musique claire comme des voix d'enfants.

Au bout du tunnel, Pikolo découvre une ribambelle d'enfants qui dansent et chantent en tapant dans leurs mains.

—Bonne fête, Pikolo, bonne fête! Tu possèdes maintenant le plus beau des cadeaux d'anniversaire: le secret des garde-robes.

Alors les enfants l'entraînent et reprennent en chœur:

Dans la nuit nuit nuit. . .
quand les parents dorment. . .
toutes les garde-robes. . .
deviennent des tunnels. . .
qui nous mènent ici. . .

Emporté par la ronde, Pikolo s'arrête soudain, ébloui... Devant lui se
dresse le plus incroyable des paysages! Tout un monde... en papier!
—Que les jeux commencent, les amis!
Et tous les enfants partent en courant.

—Moi je vais glisser sur la baleine et me balancer dans le ciel.

—Moi je veux monter sur les animaux sauvages et faire des acrobaties aériennes.

—Amuse-toi, Pikolo. Mais n'oublie pas, tu dois retourner dans ta chambre avant le lever du soleil.

Pikolo joua et s'amusa vraiment comme un fou dans les manèges de la nuit.
C'était le plus beau cadeau de sa vie.
Mais déjà les enfants, fatigués, commencent à se diriger vers les tunnels.
—Viens-t'en, Pikolo, c'est l'heure du retour.

Mais Pikolo ne veut pas s'en aller.

—Reste avec moi, Max, je ne suis pas fatigué. Je veux retourner jouer avec les poissons volants.

—Non, il faut partir, Pikolo. Dépêche-toi, le temps presse. Il reste cinq minutes avant le réveil de tes parents.

—Tant pis. Moi, je reste!

Alors Pikolo se sauve à toute vitesse vers la mer. Max essaye bien de l'arrêter en lui criant de revenir, mais Pikolo continue à s'enfuir. Max appelle ses amis:
—Aidez-moi tous à l'attraper! Il va se perdre. Il ne reste plus que quatre minutes!

Après une course folle qui les mène loin du rivage, Max et ses amis le rattrapent enfin.
—À cause de toi, Pikolo, nous sommes perdus. Dépêchons-nous, il reste trois minutes avant que les tunnels ne disparaissent.

Ils s'engagent rapidement dans le premier tunnel. Au bout d'un moment, Pikolo croit reconnaître la même lueur qu'ils avaient suivie pour venir.
—Hourra! Max, je pense que nous avons retrouvé ma chambre.

En ouvrant la porte, surpris, Pikolo reconnaît la chambre de ses amies
Chloé et Mimi, qui demeurent à trois rues de chez lui!
—C'est donc vrai, Max, toutes les garde-robes des enfants communiquent
vraiment la nuit!

Mais Max est déjà reparti:
—Oui, oui! Vite, Pikolo, nous n'avons plus que deux minutes.
En vitesse, ils s'engagent dans un autre tunnel.
—Ah! non, c'est la chambre d'Amélie! Elle reste juste en face de chez moi.
—Vite, vite il ne reste qu'une minute!

À la dernière seconde, ils trouvent enfin la garde-robe de Pikolo.
—Hourra! Hourra! Nous avons réussi! Merci Max, merci les amis.
—Vite, couchons-nous, j'entends tes parents qui arrivent.
En posant sa tête sur l'oreiller, Pikolo ferme les yeux.

Alors lentement, très lentement, les manèges de la nuit se mettent à tourner dans sa tête. Il se laisse bercer jusqu'au sommeil par le souvenir des balançoires suspendues aux étoiles filantes.

Comme il est heureux! Il connaît maintenant le secret des garde-robes, le chemin des rêves en papier.